쓰다듬어 줄 살이 없는 친밀

Intimacy that can't be petted

박유하

끝과시작

쓰다듬어 줄 살이 없는 친밀

박유하

시인의 말

눈빛으로 당신의 눈빛을 어루만지는 일이 참 좋았다.
살보다 깊숙하게 파고드는 빛의 애무로
우리는 잠시 고독하지 않을 수 있는 꿈을 꾼다.

2023년 8월
박유하

차
례

시인

전에 본 구름이 다시 나타났다

나는 한순간을 배회하고 있었던 것이다

이곳을 벗어나기 위해 빠르게 걸을수록
두 발이 풍선처럼 부풀어 올랐다

나는 두 발에 매달린 채 머리를 아래에 두고 점점 떠
올랐다

사람들이 나를 땅으로 내려놓기 위해
끙끙 애를 쓰며 머리를 잡아당겼다

나는 마침내 태어나고 있었다

동심

길섶에서 바스락거리는 소리가 들렸다
그곳으로 들어가 보니 아무것도 보이지 않았다

마저 길을 가는데 다시 길섶에서 바스락거리는 소리가
들렸다
소리를 추적하며 길섶을 걸으니 나의 흉부에 도착해
있다

왜 길섶에서 나의 흉부를 듣고 있는 것일까

나는 바스락거리는 소리를 따라 낙엽을 밟으며 뛰었다
흉부에 사는 작은 동물과 빙의되었다는 듯이

오랜만에 내 마음대로 사는 기분이 들었다

번식력

우리는 오래 갇혀 있었다
그러던 중 이곳으로 모종의 동물이 날아들었다

우리는 날아든 동물을 보며 흥분했다
"어디서 왔든 문은 분명히 있어"

동물은 여기저기 벽에 머리를 부딪치며
우리와 같이 자신이 들어온 문을 찾아다녔다

자신이 이곳에 날아든 일이 기억나지 않을 때까지

우리는 망각으로 번식했다
문을 찾는 눈만 남아서 어둠을 흉내 냈다

친밀감

버스를 탔는데 의자가 한 개도 놓여 있지 않았다
텅 빈 상자 같은 버스 안에서
어떤 이는 바닥에 앉고 어떤 이는 애인의 손을 꼭 잡
았으며 나는 벽에 기대어 서 있었다

버스가 방지턱을 넘으면서 떠올랐다 우리는 뒤죽박죽
섞여서
앉아 있던 이가 서 있고 서 있는 이는 벽에 기댔으며
나는 누군가의 손을 꽉 잡았다
버스가 평지를 달려도 우리는 자세를 바꾸지 않았다

불현듯 굴속을 지나갔다
이렇게 기다란 굴이 있었나?
우리는 아무래도 버스를 잘못 탔다는 불안감에 휩싸
였다
기다란 어둠 속에서 버스는 소화하듯이 우리를 천천
히 이동시켰다

우리는 얼굴과 팔다리가 반복해서 반죽되고 떼어졌다

굴 밖으로 나온 우리는 서로가 누구인지 알아볼 수
없었지만 묘한 친밀감을 느꼈다

과로

시계가 오후 다섯 시를 알리고 있는데
여전히 햇살이 찬란했다

시계를 의심하는 가운데
오늘은 해가 지지 않을 것이라는 뉴스 속보가 들렸다

대낮 같은 밤에 사람들은 술에 취해 회식 장소를 빠져
나오고
잠들기 위해 침대에 누우면서
생활이 부정당하는 기분이 들었다

찬란한 다리를 가진 빛이 신경을 따라 바글바글 기어
다니며 알을 깠다
사람들의 정신이 백지처럼 창백해졌다

잠을 못 자서 휑한 눈 밖으로 수만 마리의 빛이 기어
나왔지만

대낮 같은 밤에는 빛의 행각이 보이지 않았다

사람들이 눈을 뜨고 시들어 가고 있었다

전쟁

행주를 삶는 냄새가 집 안 곳곳을 점령했지만
어디에도 행주를 삶고 있지 않았다

행주를 삶는 냄새는 급기야 나의 체취까지 침입했다

나는 마침내 몰락되었다

나는 거대한 행주가 되어 출근을 하고
어딘가를 잘 닦지 않은 기분으로 귀가했다

바짝 말라 버린 살 전체가 수천 마리 모기의 침처럼
해체되었다
허공에 침을 꽂고 수분을 빨아 먹는 나를
바글바글한 다리들이 이리저리 옮기고 있었다

등산

구름이 서서히 머리에 닿을 만치 내려앉았다
이토록 구름과 몸이 닿아 본 적이 없었다

이제 나는 어디까지가 구름이고 나인지 분간이 가질
않았다
비가 내리면서 나는 소모되고 있었다

나에게 젖은 산이 푸른 풀 냄새를 내뿜었다

비가 그친 후 나는 소멸되었지만
구름과 산이 나의 호흡을 따라 느릿느릿 이동하고 있
었다

대화

말을 이어 나갈수록 벽이 높아졌다
우리는 벽 때문에 서로를 볼 수 없었다

나는 벽을 타고 올랐다
벽 너머에 네가 보이지 않았다

벽 위에서 떨던 내가 엉엉 울기 시작했다
벽은 녹아 흐르면서 낮아지고 있었다

나는 나도 모르는 마음 앞에서 어느덧 울음을 그쳤다

여전히 남아 있는 벽에 귀를 대면 두근두근 소리가 났다
벽을 쓰다듬으면 잠시 꼬리가 보이기도 했다

막차

저 멀리 빛이 보였다

막차가 들어온다는 기쁨에 우리는 환호했지만
어둠 속 희미하게 보이는 차체에는 모종의 날개가 붙
어 있었다

이윽고 문이 열렸다 우리는 선택의 여지가 없었다

"혹시 너도 날개를 봤니?"
"아무리 어두워도 날개는 아닌 것 같아. 창문 밖을 보
라구"
나는 창문 밖을 보았지만 까만 풍경 때문에 도리어
우리의 경직된 얼굴이 비치어 보였다

비포장도로를 달리는 듯이 버스가 심하게 흔들렸다
차체가 경사지고 있었고 우리는 붕 떠오르는 기분을
느꼈다

"가파른 길을 올라가는 거겠지?"

　창문을 들여다볼수록 우리는 자신의 흔들리는 얼굴
을 가깝게 바라보았고
　우리에게는 균형감이 필요했다

　"막차였고 우리는 최선을 다했어"
　버스가 눈이 부시게 최대한 빛을 밝혔다

　빛으로 지워질 것 같은 우리는 눈을 감았다
　어둠을 지켜야 살아남을 것 같은 기분이 들었다

고양이

당신은 흥얼흥얼 노래를 부르기 시작했다
노래는 엿가락처럼 늘어져 무슨 의미인지 알 수 없었다
그것은 살아온 인생에 대한 한탄 같기도 하고 신에게
읍소하는 것 같기도 했다

당신의 노래는 치타처럼 달리다가 거북이처럼 엉금
엉금 걸었다
나는 적응하기 힘든 리듬을 따라 엇박자처럼 남겨지
다가
결국 노래의 꼬리가 되었다

당신이 노래를 부르는 속도에 따라 나는 달랑달랑 흔
들리거나 축 늘어졌다

"꼬리에 힘이 들어갔군"
누가 당신의 노래를 가만가만 쓰다듬는다

갸르릉, 갸르릉, 당신의 노래가 잠잠하게 눕자
나는 침묵이 흩어지지 않도록 바짝 힘을 주었다

이물감

　어느 날 일어나 보니 몸 한가운데 구멍이 뻥 뚫려 있
었다
　구멍을 들여다보았다 끝이 보이지 않았다

　'어떻게 나에게 이러한 깊이가 가능하지?'

　믿기지 않을수록 구멍을 오래 들여다보다가
　그만 나는 굇바퀴처럼 일그러졌다

　나는 누가 인기척조차 없는 내 곁을 지나가다 헛디뎌
　그만 구멍 속으로 빠질까 걱정되었다

　그러던 중에 한 소년이 날아오를 것 같은 몸짓으로
달려오고 있었다
　나는 구멍으로 말할 수 있는 방법을 몰랐다

　'이곳으로 오지 마'

나는 안간힘을 주어 구멍을 오므렸다
힘이 서서히 빠지고 정신을 차렸을 땐
이미 소년도 구멍도 사라지고

무언가가 몸속을 자꾸 헤매고 있는 기분이 들었다
나는 나와 섞이지 않는 것들이 흩날리는 흔들림을 스
노우볼의 눈처럼 간직하며
겨울인 척하였다

해방감

정체 모를 거대한 날벌레가 등에 내려앉아 바르르 날
개를 떨었다
그 진동이 온몸에 퍼졌다

나는 두 눈을 꾹 감고 이 날벌레가 날아가길 기다릴
수밖에 없었다

오랫동안 진동이 계속되다가 그 아픔 때문에 결국 잠
에서 깼다

날벌레가 앉았던 자리가 잔흔처럼 아려 왔다
날벌레가 어디선가 여전히 나를 붙잡고 있는 기분이
들었다

별이 사라지고 나서야 지구에 도착한 별빛처럼
이미 나를 놓아준 날벌레와의 시차 속에서
나는 여전히 날벌레로부터 희미하게 풀려나는 슬로
우 모션의 시간이 좋았다

방생

아이는 집 안에 이불을 깔고 자신이 아끼는 인형들을
모아 놓은 공간을 집이라고 불렀다
집 안의 집 안에서 아이는 만족해하며 자랑스러워했다

다음 날 거실을 정리하기 위해 아이의 집을 치웠다
아이의 집이 있었던 자리에 여전히 무언가가 앉아 있
었다
그것은 온몸을 둥글게 말고 민들레 꽃씨처럼 가벼워
보였다

나는 그 곁에 숨죽이고 가만히 앉아
다시 이불을 깔고 집을 만들어 주었지만
그것을 안으로 들이지 못했다

미지의 생들이 이곳을 겉돌며 헤매었다
우주 간의 격차가 회복되지 않기를 바라듯이 그들은
등을 쓰다듬어 줄 살을 나에게 들키지 않는다

발아의 과정

새싹을 배양하는 공장에 견학을 갔다
"이곳에서 저희는 다섯 가지 색의 새싹을 키우고 있
습니다"
사람들은 모여서 감탄을 했고 나는 그 틈을 비집고
들어가기 위해 애를 썼다

"옥상으로 올라가 볼까요"
사람들이 줄줄이 옥상으로 올라가자 서서히 보이는
그곳에는 다섯 가지 색의 새싹 대신 누군가의 이름이
적힌 푯말이 꽂혀 있었다

옥상에 도착하자 찬란한 햇빛 아래 아무도 없다
다들 어디로 간 것일까

황급히 아래로 내려와 보니 다섯 가지 색의 새싹이
피어나 있다
이 모든 일이 다섯 가지 색의 새싹이 피어나기 위한
과정이었던 것처럼

얼굴들

장시간 고속도로를 달리는 내내
귀뚜라미 울음같이 작은 소리가 들렸다

아무리 귀를 후비어도 작은 소리는 더 작은 소리로
귓속을 통과해 온몸을 돌아다녔다
이것들의 번식을 막지 않으면 나는 소리의 먹이가 될
것 같았다

나는 휴식터에 잠시 차를 정차했다
어떠한 소리도 들리지 않았지만 적막 가운데 그것은
여전히 있었다

그것은 소리가 아니었던 것이다

소리의 껍질을 벗고 기어다니는 그것들은 바글바글
번식하면서
모종의 덩어리로 드러나고 있었다

자세히 들여다보면 얼굴을 닮았다

졸음운전

차들이 고속으로 도로를 달리고 있었다
달린다는 사실조차 잊어버릴 때까지 정신없이 달리
다가
주변을 보니 차가 전부 사라져 있었다

나는 어떤 섬 주변을 맴맴 돌고 있다는 느낌이 들었다
아까 보았던 나무가 다시 보이자 나는 모종의 확신이
들었고
차를 멈춰 세웠다

어디서부터 잘못 들어선 것일까 주변을 한참 두리번
거리다가
도로를 벗어나 풀숲으로 들어섰다
귀가 푸르고 길게 자라났고 다리는 깡총깡총 뛰기 시
작했다
입이 비린 풀을 씹어 삼켰다 푸르고 물컹한 덩어리가
식도를 타고 들어왔다

그건 태어난 날의 기억 같았고 온몸이 뜨거워졌다

나는 소리를 내어 나를 더욱 크게 부르짖었다
삼켰던 푸르고 물컹한 덩어리가 온몸으로 빠져나오고

횡, 횡, 지나가는 자동차 소리가 드문드문 들리기 시
작했다

태생의 감각

최초에 나는 공간이었다
무엇을 품을 수 있기보다 아무것도 품을 수 없는
진공 상태의 공간

내가 살아 있는지 확인하기 위해 움직이는 최소한의
생명력은
먼 시간을 건너온 별빛처럼 대낮에 잠깐 빛났다
우주의 시간이 흘러온 것처럼 무한한 대낮

자다가 문득 깨어나면 여전히 자고 있는 의식 속에서
이 공간이 점멸하다가 사라지곤 하는 것이다, 두근,
두근
뛰지 못하고 뛸 것이라는 암시만 주는 이 공간에 집
중하는 동안에는

창문에 비치는 앙상한 나무가 바람도 없이 흔들리곤
하였다

이 공간의 떨림을 읽는 나무를 만날 때가 있다

그러한 나무는 실핏줄처럼 섬세하게 나를 탐색하다

가 빳빳하게 굳는다

벚꽃 사이

벚꽃 잎들이 우수수 떨어졌다
나뭇가지 사이로 빛이 드러났다, 서서히

그 빛은 나를 응시하며 어느 한구석을 증명했다
그러한 구석은 밝아지지도 어둡지도 않으며 맨들맨
들하다

그때 새 한 마리가 날아와서 그 구석을 콕, 콕, 부리로
쪼았다
구석이 터질 것 같았다

한 번도 태어난 적도 없이 구석은 잔뜩 알을 배고 있었다
나는 새를 쫓아내다가 균형을 잃고
나뭇가지 사이로 쏟아지는 빛을 어지럽게 받아 냈다

어디선가 구석의 알이 쏟아지고 있다는 듯이
나는 어둡지도 밝지도 않은 빛 속에 놓여 있었다

점

손에 난 점을 보며 아이가 물었다
"엄마, 이게 뭐야?"
"네가 웃을 때마다 반짝이는 것"

아이는 꺄르르 웃으며 좋아하다가 점을 확인한다
"엄마, 반짝이지 않잖아"
"오직 너만 그것을 볼 수 없단다"

너는 시무룩해지고 나는 웃는다
그 순간 내가 웃을 때 반짝이는 점이 나를 보고 있는
것 같다

아이의 손을 꼭 잡을수록 반짝임이 나를 산란하게 흔
들기 시작한다
나는 어지러운 반짝임을 점으로 믿어야 했다

연인

나는 번식하는 바구니
바구니 다발들이 서로 나라고 우기는 동안
그는 나의 품속으로 파고들었다

어느 한 바구니에 담긴 그가 평온하게 잠이 든다
나는 그의 잠을 조금씩 부어 다른 바구니에 옮긴다
잠시 나를 잠이라고 불러 보고 싶어서
말라비틀어질 만큼의 잠을 공유한 바구니들을 주섬
주섬 안고 눈을 감으면

바구니 속에서 점차 증발하는 잠
그는 곧 내 안에서 사라졌고
나는 잠에서 깬 그의 앞에 놓여 있다

아무것도 받아 내지 못할수록 빈 바구니들이 더욱 번
식하고 있었다

우정

너는 횡단보도를 경중경중 뛰었다
"하얀 줄을 밟지 않으면 회색 바다에 빠질 것 같아"
"그럼 우리 같이 빠져 보는 건 어때?"

나는 너의 손을 잡고 일부러 회색 줄만 밟으며 걸었다
"이제 하얀 바다에 빠질 것 같아"

"그럼 지느러미를 달자"
"빠질 것 같지만 그곳은 물이 아니야"

자연스럽게 걷기 위한 너의 노력은
횡단보도에 빠져드는 과정에 불과했다

가끔 친절한 사람들이 "옆에 아무도 없는데 누구의
손을 잡고 있죠?" 물으며
빈손을 잡아 주기도 한다

깊이 빠져든 너로 인해 나는 멀쩡한 척하는 일에 매
번 실패하고 마는 것이다

연인 2

네 웃음을 따라 웃다가 조금씩 그림자가 드러났다
보일 듯 말 듯 머리를 내미는 그림자를 낳기 위해
얼굴은 힘을 다해 웃으면서 일그러졌다

그러던 중 그림자가 어느 부분에 탁 걸려 버린 것이다
웃으면 웃을수록 펄럭이는 그림자는 표정을 가만히
놔두질 않았다

"당신의 얼굴을 흔드는 바람이 있어요"
한 여자가 나의 얼굴을 발견했음을 고백했다

그녀는 따뜻한 손으로 나의 얼굴을 잡아 주었다
순식간에 어두워지는 손을 느끼며 우리는 바람이 아
닌 그림자를 공유했다

해방

    종이 울리자 길고 엷은 꼬리가 허공을 날아다녔다
    나는 꼬리를 잡아 보고 싶었지만 금세 그것은 빛으로
부서지고 말았다

    종이 한 번 더 울렸고 다시 꼬리가 종소리를 입고 길
게 드러났다
    아까와는 다른 꼬리였다

    꼬리들은 한꺼번에 살아나서 서로가 서로를 옭아매
며 둥우리를 만들기도 했다
    자세히 들어 보니 그것은 나의 살을 이루고 있었다

    꼬리들로 엮인 나는 함부로 풀어지고 있었다
    살이 풀어지는 곳마다 새가 나로부터 날아오르는 기
분이 들었다

휴식

어디서 날아온 것인지 알 수 없는 흰 깃털을
천천히 기다렸다가 잡아 보았다

깃털은 손끝에서 잔털을 날리며 새를 흉내 낸다
잡힌 새처럼 잔털을 퍼덕이던 깃털은

손끝의 수분을 모두 빨아들이고
소규모의 우기를 참아 내고 있다

일요일 한낮 내내 벤치에 앉아 있으면
이러한 우기들이 몰려와 마음을 대신한다

눈을 감고 가만가만 그러한 마음을 말리면
날개도 없이 증발하는 수많은 깃털들

여름과 가을 사이

폐쇄된 공간에 있으면 그곳을 닮아 가는 병을 앓았다

숨이 조여들다가 앞이 깜깜해지는 나를 통해 짐작해 보면
폐쇄된 공간은 말라 죽어 가는 식물일 것이다

그 안에서 나는 푸른빛을 잃지 않기 위해 내가 아는 푸
른빛을 전부 떠올리곤 한다
마지막까지 풀었던 수학 문제나 헤어지기 전날 애인
이 사준 드레스, 유일하게 인간을 믿게 해준 너의 마지막
부탁

푸른빛은 난간을 닮았다
여름은 얼마나 위험한 계절인가

문이 열리면 나는 푸른빛으로부터 풀려나 뱅글뱅글
돌다가
붉은 살빛으로 서서히 돌아왔다

나의 여름과 가을 사이는 무척이나 가팔랐다

독거

밤의 창문은 아무것도 보여 주지 않는 대신 바람 소
리를 낼 줄 안다
그 소리는 살 곁에 머물러 있어도 열이 전혀 옮겨붙
지 않는다

창문을 들을수록 나는 홀로 열대 섬처럼 남아
어떤 음이 되어 갔다

나를 들어 줄 귀도 없이
그 음으로 나아가다 보면

식은땀을 흘릴 때까지
창문은 굳게 닫혀 있다

신이 접어 낸 자국

빈 강당에 앉아 있으면
사람들의 흔적이 살아나는 순간이 있다

신이 이곳을 반으로 접어 낸 자국이 드러나는 것이다

접힌 곳을 펴면 신의 의지를 거역하듯이
점차 이곳이 뭉개지고 출렁거린다

한꺼번에 몰려오는 현기증의 속도로
신은 눈 깜짝할 사이에 나를 새롭게 접어 내기도 했다

그런 날은 내가 강당에 앉아 있는 일이
타자의 흔적 같다

철봉의 무중력

철봉을 잡고 중력을 끙끙 앓으면
나는 서서히 타버리고

달랑 남은 두 손만 철봉을 잡고 있다

이제 두 손은 철봉에 매달리는 것이 아니라
철봉에 붙어 있는 꼴이 된다

기어가던 두 손이 멀리서 나를 바라본다

나는 두 손도 없이 철봉에 매달린 채
그들의 안녕을 기도했다

이팝나무

바람에 휘날리는 이팝나무는 거대한 새처럼 보이지만
아무리 찾아보아도 새의 얼굴은 보이지 않는다

날갯짓만 살아 있는 이 거대한 동물은
전신이 휘날려서 이팝나무는 중심이 없다

그리하여 이팝나무는 난다
뿌리를 달고 지워지는 방법으로
이팝나무는 온몸으로 휠휠 이주하다가 스스로 상공
이 되어 간다

과호흡증

숨을 쉬어도 답답했다

유리창에 달라붙는 입김처럼
숨은 도달하지 못한 채 어딘가에 어리다가 사라져 갔다

숨을 끌어당겨 보았지만 아무것도 끌려오지 않았다

어느덧 한 번도 보지 못한 푸른 반점이 올라왔다
'상해 가고 있구나'

나는 푸른 반점이 짙푸르러지는 늦여름의 느린 시간
을 보내며
  잘린 꼬리처럼 발견되었다

나를 자르고 달리는 몸통이 저 멀리 도망가고 있었다

바람은 수천 개의 구멍으로 이루어져 있다

바람이 불면 수천 개의 구멍이 들린다
아무 소리도 나지 않는 구멍들이 이어져서 텅 빈 내
부가 되어 가는 소리

바람이 멈추면 구멍들은 흩어져서
사라진 척 잠잠해진다

그러다가 구멍들이 슬금슬금 대이동을 할 때가 있다
깊이 스며들듯이

바람을 안으로 들이는 철에는
벽 속을 나는 새 떼들이 있다

나는 사방의 벽에 갇혀 그러한 새 떼들을 호흡하며
더욱 깊숙한 구멍이 되는 놀이를 즐겼다

몸통

버스에 탄 승객들이 뒤집힌 애벌레 다리처럼 제각기
흔들렸다
승객들은 이곳을 전복시킬 본능이 있다는 듯이 우글
거린다

"몸통을 일으키자, 몸통을 일으키자"

왼쪽 다리들이 상승하고
오른쪽 다리들이 주저앉으면서
몸통이 일으켜 세워지고 나서야 버스는 드디어 정차
한다

다리들은 제각기 흩어지고 몸통만 덩그러니 버스에
남아 있다

몸통은 구름처럼 서서히 이동한다
사람들이 우글거리는 곳으로

하얀 종이

하얀 종이를 물끄러미 바라보면 양파 냄새가 난다

폐부를 깊이 파고들다가 확 번지는 하얀 분자는 안개 같아서

하얀 종이를 물끄러미 바라보면 휑한 창가 앞에서 주저앉은 온도를 느낀다

그럴 때면 이상하게 배가 고팠다 텅 빈 공간이 배 속을 침입한 것이다

헛트림에서 하얀 종이 냄새가 나기도 했다

지린내

비가 내린 후 어디선가 지린내가 풍겨 왔다
　냄새나는 쪽으로 다가가 킁킁거려도 도무지 어디서
풍기는지 근원지를 알 수 없는 지린내는 뿔을 달고 콧
속 깊숙이 파고들었다

　고약하게 단단한 뿔이 나의 끝을 넘어 까마득하게 사
라져 버린다
　그러다 불현듯 지린내를 풍기면서 귀신 같은 뿔로 나
를 들이받는 것이다

　뿔이 사라진 곳에서 내가 발견될수록 현실이 꿈처럼
등장했다

이 센티미터만큼

그다음 날 우리는 이 센티미터만큼 붕 떠 있는 능력
이 생겼다
언뜻 보면 전혀 떠 있지 않은 것 같은 높이에서
우리는 상공의 자유로움을 만끽했다

"그런데 헛사는 기분이야"
우리는 다시 정착하고 싶었지만 땅을 딛는 방법을 잊
어버렸다

이 센티미터만큼 떠오른 상공에서 허우적거리다가
기진맥진해진 채 우리는 적적한 기류를 따라 둥둥 떠
다녔다

우리의 발밑으로 미세먼지들이 반짝이는 새 떼처럼
횡단하고 있었다

스킨십

네가 닿는 곳에서 나는 먹물이 번지듯이 피어났다
네가 없었다면 이러한 생태는 곰팡이에 관한 것이었
는지 모르지
푸르고 검게 번지다가 작아지는 나의 운동은
네가 떠나자 스멀스멀 형태를 잃는다

나는 씨앗처럼 고요하게 위장하기도 하다가
다시 너의 손끝이 닿은 곳에서 수천 마리 물고기 떼
처럼 해체된다
이곳에서 벗어나지 못한 채 너를 관망하면서

너는 나의 움직임을 지휘할 수 있지만
이곳에서 나를 꺼낼 수 없다

그 순간 물고기 한 마리 정도 티가 나지 않게 이곳을
탈출하기도 한다
그러한 미아의 마음만이 내가 나를 바라볼 수 있다

밤의 고속도로

  울음도 속력이 있다
  거센 울음을 타고 달리면 울음도 갈기가 있는 것을
알게 된다

  나는 갈기를 잡고 울음이 이끄는 대로 달렸다
  휘날리는 울음은 물음을 갖고 달리는 것처럼 방향이
없다

  전력 질주의 흔들림을 참아 내다 보면
  어느 순간 울음은 서서히 멈추어 나를 내려놓고
  어디론가 도주하는 것이다

  어딘지 모르게 낯설어진 천장을 익히는 동안
  멀리 사라져 가는 울음의 속도가 느껴지기도 하였다

출렁이는 베개

베개를 베면 새하얀 부력을 받아 올라오는 무게가 있다

이 무게를 누르면 누를수록 베개가 출렁거린다

무게에 의지하면
베개가 흘러가는 대로 흘러가다가 문득 잠을 지나치
곤 한다

'그래도 네가 있어 다행이야'

무게를 쓰다듬으면 무게는 더 이상 움직이지 않는다

베개는 죽은 것처럼 베개로 다시 돌아오곤 하였다

시작(詩作)

떨어지는 잎을 잡고 싶어서 나무와 바람 사이에 서 있었다

떨어지는 잎을 잡은 순간 나의 전부가 허상 같았다

어쩌면 나는 꿈을 잡고 있는지 모르지만

떨어지는 잎을 버리고 나서 다시 떨어지는 잎을 잡고 싶은 마음에게

진심이라고 불러 주었다

눈을 감으면 어떠한 잎도 떨어지지 않지만

여전히 잎이 떨어지고 있을 거라는 믿음이 생겼다

주전자의 농담

구석에 오랫동안 놓여 있는 주전자는 색이 변하지 않아도 어둡다

주전자는 구석을 흉내 내면서 색을 깨달은 것이다

어느 날 주전자가 아예 보이지 않았다

주전자는 색으로 나에게 장난을 치기도 한다

허공을 발로 찰 때에도 힘이 들어갔다

주전자가 있을 거라는 의심 때문에

그리고 허공을 찼는데 정말 주전자 소리가 울렸다

주전자는 엎어진 채 밝아져 있다

주전자는 이제 이런 농담까지 해내는 것이다

찬란한 나무

배가 고프면 나무의 뿌리가 뽑히는 기분이 들었다
잎과 가지가 흔들릴수록 배 속이 찬란해졌다
빛은 모종의 위기 같았다

나는 두 눈을 감고 빛이 없는 곳에서 편안해지길 원
했지만
두 눈을 감은 곳에서 더욱 명료하게 빛이 드러나기
시작했다

찬란해질수록 나무는 산산이 부서지듯 흔들리며 더
욱 찬란해졌다
꼬르륵, 하는 소리와 함께 나무가 쓰러지기 직전
이미 나무는 사라지고 없었다

여전히 쓰러질 것 같은 나무의 위기가 지워지지 않는
방식으로
나는 찬란함을 위해 태워질 나무를 그리워했다

늦여름

두 잠자리가 최대한 꼬리를 굽혀
이차원의 알을 이루다가

진저리 치듯 숨 가쁘게 탁 터진다

허공이 알몸으로 기어 나와 바람에게 업힌다

폭발

모종의 반항처럼 푸른 싹이 솟아오른 이후

물을 갈아 줘도 곰팡이가 연기처럼 피어올랐다

생명이 터졌는지 죽음이 터졌는지 알 수 없지만

폭발이 평범한 하루같이 지나갔다

예감

거미줄은 허공이 깨진 흔적이다

거미는 조용하고 정확한 공격력으로
아직 존재하지 않는 대상의 상처를 창작한다

함정

어두운 길목을 걷다가 팔 한쪽에 거미줄이 붙은 느낌
이 들었다

계속 털어 내도 살에 붙어 있는 거미줄을 떼어 내느라
나는 먼 나라의 말을 경청하듯 몸을 더듬는다

이제 거리를 걷는 일이
거미줄을 빠져나오기 위한 발버둥 같다

바람이 불자 이곳이 전부 흔들렸다

해몽

말라 버린 날벌레들이 창틀에 가라앉아 있다
그들의 죽음은 호, 하고 불면 날아간다

이러한 가벼움은 현실과 거리가 멀어서
날벌레가 죽으면 꿈속의 곤충이 된다

나는 이 꿈을 자유나 불안으로 해석해 보지만
죽은 날벌레를 잡을 수는 없다

이방인

이용원 간판이 낡아 가고 있었다

이미 이용원은 없었다

부서진 문을 밀고 그 안으로 들어가 보았다

안에 있어도 밖에 서 있는 기분이 들었다

문은 안과 밖을 구분하지 못하므로

이곳에서 나는 단지 서 있는 것에 지나지 않았다

백지증(白紙症)

백지는 흰색으로 들어차 있었고 그것은 텅 비어 있어
보였다

나는 한 번도 백지 전체와 마주한 적이 없지만
백지는 아무도 들을 수 없는 고함처럼
나에게 모종의 확신을 주었다

그래서 무엇을 기억할 수 있는가?

그때마다 나는 백지가 되어 버렸고 여전히 흰색을 모
르지만
불가능한 것이 흰색으로 빛나는 백지를 앓곤 한다

여름을 향한 이음줄

– 점점 적요하고 점점 소란스럽게

episode 1. 의자의 비행

무더운 여름이었다. 더위는 문을 자꾸 지웠다.
그럼 나는 눈을 감고 문을 짐작한다.

이제 나는 문을 향해 달려가지 않는다.
섣부르게 달려갔다간 문은 도망간다,
수백 개의 다리를 가지고 바퀴벌레 같은 속도로

이러한 미행이 지속되면 될수록 숨이 막힌다.
다가가다 멀어지고 다가가다 멀어지는 호흡이 나와
엇박자로 흘러가기 때문이다.

그리고 선잠에서 깨었다.
심장이 없는 세계처럼 고요한 오후 가운데.

드디어 문을 영영 잃어버렸구나
내가 잠에 든 사이 문은 나를 통과해서 멀리 사라지고

있었다.

이제 나는 더위를 지나, 멈추어 있어도 어지러운 무
위의 이상한 바람에
쏠려 다녔다, 쏠려 다니고, 멈출 듯이 날았다.
여전히 의자에 앉아서.

새가 날아가는 것이 아니라 내가 새를 두고 날아다녔다.

episode 2. 일 밀리미터의 투명한 심장들

먼지는 숨죽이고 산다, 누군가 가까스로 꾸었던 꿈이
잠시 현존하듯이

그러한 어느 날, 손바닥 위로 안착한 작은 먼지 더미를 보았다.

　수많은 먼지들이 동그란 더미가 되도록 서로를 받쳐
주고 있었다.

　그 속에 일 밀리미터의 투명한 심장이 숨어 있을 것
같았다.

　먼지 더미는 미미한 체온을 품고 있었다.

　방랑하면서 숨을 쉰다는 듯이
　서서히 기운을 잃는 먼지를 나는 호, 하고 날려 보냈다.

　원래 없었던 것처럼 무게감 없는 먼지 더미가 사라지자
　나는 비로소 누군가의 꿈에서 벗어난 기분이 들었다.

　먼지 더미의 무게감만큼 사라지고 남은 현실은
　구름이 낮게 낀 회색 오후

이곳이 서서히 착지하고 있는 기분이 들었다.

무색, 무취의 가느다란 결들이 얽히고 얽힌 이곳을
어느 누가 호, 하고 날려 보냈다는 듯이

착지하기 직전 신은 등장한다.
이러한 믿음으로 간절하게, 간절하게 오후가 지나갔다.

**episode 3. 친밀이란 당신의 눈 속에서 하얀 종이비행기를 발
견하는 것**

달리는 차 안에서 풍경은 오색 빛깔의 바람이 된다.
날아다니는 빛, 지나칠 수밖에 없는 빛, 보이지 않는
빛은 바람의 친근이어서
그 속에 머물면 오르내림을 즐기는 하얀 종이비행기

가 잔상처럼 비치기도 한다.

빛이 불어오는 이른 새벽에는 집 안의 모든 사물들이
흔들릴 준비를 한다
기존의 색을 비워 내고 온전한 색으로 남는 마음을
보면서
기다림도 평온할 수 있구나, 생각했다.

눈을 감으면 빛이 어둠 속으로 불어올 때가 있다.
그리고 온전히 어둠이 중심을 잡는 빛의 무풍지대를
맞이하는 것이다.
이곳이야말로 나의 온전한 색인지도 모르지.

어느덧 내가 당신에게 보인다면 나는 빛으로 흔들리
는 중이다.

나는 내 안의 빛을 오르내리는 하얀 종이비행기를
당신의 눈 속에서 볼 수 있는 친밀이 좋았다.

episode 4. 복숭아 상자에 숨어 들어온 청개구리의 발각

복숭아 상자를 품에 들고 집에 들어오자마자
펄쩍 뛰어 날아오르는 청개구리 한 마리가

착지. 그는 정지의 포즈로 이곳을 노려본다.

우리는 청개구리를 중심에 두고 빙글빙글 헐레벌떡
춤을 추었다.
몸이 멈추질 않았고
청개구리는 우리를 계속 가지고 놀았다.

그리고 정신을 차려 보니 청개구리가 사라졌다.
우리는 서로의 발밑을 확인하고
한 번도 살펴보지 않는 구석구석에 시선을 낯설게 두어 보기도 하면서

청개구리는 우리의 눈을 인도하고 있었다.

우리의 눈은 한 번도 보지 못했던 곳으로 최대한 떠났다.
책장 뒤나 커튼의 주름 사이 그리고 타자의 속옷 속까지 눈을 옮길 상상을 하면서

청개구리가 있을 것이라는 믿음을 더듬거렸다.
고록, 고록, 우는 소리의 위치를 추측하는 것만으로
벅찬 분위기 속에서 청개구리는 아직 나타나지 않았다.

"청개구리가 투명해졌으면 어떡해?"

"우리가 포기하지 않는다면 눈이 진화하지 않을까."

수백 마리의 투명 개구리들이 온 집 안을 뛰어다닌다
는 것을

들켰다는 듯이 일제히 움직이는 모든 소리가 멈추었다.

episode 5. 길모퉁이 가문의 질환

들어가기도 힘들 뿐만 아니라

바라볼 이유조차 없는 음습진 길모퉁이는

흙과 오래된 물 냄새를 풍기며 언제부터인가 이름 모
를 풀을 키워 나갔다.

"저 풀은 언제부터 무성해졌어?"

"아무것도 보이지 않는데?"

나는 풀을 증명하기 위해 길모퉁이에 가까이 다가갔다.
그 순간 풀이 무성해진 나머지 몸속으로 스며들어 올
것 같았다.

나는 죽을힘을 다해 그곳으로부터 멀리 달아났다.
여전히 팔뚝에 풀이 묻어 있었다.

풀을 털어 낼 수 없음을 나는 직감적으로 알아차렸다.
손으로 풀을 가리고 귀가했을 때

나에게 가족이 있다는 사실이 생각났다.
풀로 뒤덮인 표정1이 식탁을 닦고 있었고
나는 여전히 손으로 풀을 가리고 표정1 속으로 잠시
들어갔다가

나오는 것으로 엄마를 부르지 않을 수 있었다.

차분히 기억해 보자.
풀은 언제부터 일상이 되었던 것일까.

다만 길모퉁이에 자라난 풀을 증명하려고 했을 뿐인데
팔뚝에 묻은 풀이 어느덧 팔뚝을 없애고 있다.

더는 아무것도 가릴 수 없는 손이 부끄러워서
나는 주먹을 쥐고, 더 세게 쥐는 방법으로 용기를 잃
지 않았다.

딱 주먹 크기만큼 길모퉁이는 나를 남겨 놓았다.

쓰다듬어 줄 살이 없는 친밀

1판 1쇄	2023년 9월 25일
지은이	박유하
펴낸곳	끝과시작
펴낸이	박은정
편집	박은정
디자인	양희재
출판등록	제2022-000083호
전자우편	typistpress22@gmail.com

ISBN   979-11-981886-5-6(03810)

끝과시작